KB198686

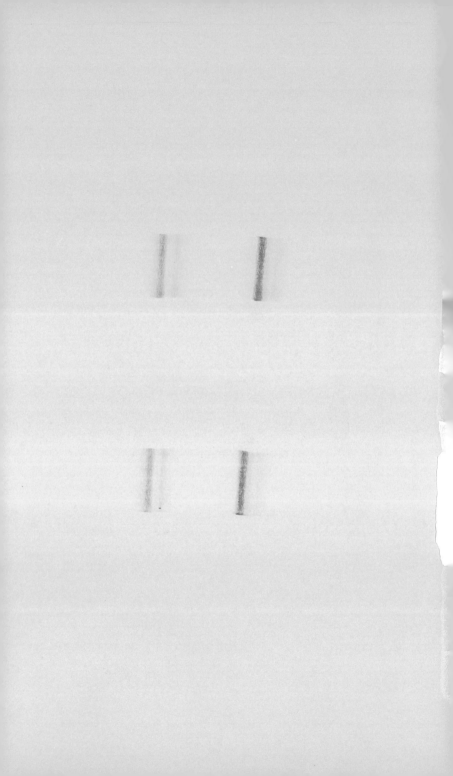

동백아, 눈 열어라

안화수 시집

서정시학 시인선 222

서정시학

활짝 웃는 모습이 좋겠다
손아귀 힘은 점점 약해지는데
손에 쥐고 다녀야 할 것은 많다
지는 꽃 흐르는 물에 몸마저 가볍다
— 「가볍다」에서

서정시학 시인선 222

동백아, 눈 열어라

안화수 시집

서정시학

2부 사방으로 열다

3부 사람 때문에 산다

4부 두근거리는 사랑 있다

1부

나란히 나란히

비방침묵오해불만불안갈등정의자유공정의리진실가짜뉴
스중상모략위증교사내로남불

보이는 듯 보이지 않고
들리는 듯 들리지 않는 허공이다

얼음장 아래 뜨거운 샘물도 없다
아무도 봄을 말하지 않는다

왼쪽 손가락에서 오른쪽 엄지로 매화가
엉금엉금 기어간다

오른팔에서 왼쪽 팔뚝으로 산수유가
아장아장 걸어간다

그동안 쌓인 오해 한 줄로 나란히
옆으로 나란히 나란히 손잡고 서다

복토

산에 들에
꽃과 잎이 땅심에 욱시글득시글
새파랗게 돋았다
새빨갛게 피었다

좁은 땅 흙은 같다, 다만
동쪽은 젖은 흙
길 건너
서쪽은 마른 흙이다

삽을 들어라
젖은 흙 한 삽 떠서
마른 흙을 덮고 마른 흙
한 삽 떠서 젖은 흙을 덮자
갈아엎어 땅심을 돋우자

민심의 붓을 들어라
파란색 빨간색 얼씨구 얼 섞어
보랏빛 땅심 쾌지나칭칭

보라색 무궁화 삼천리강산
금강초롱꽃 덩달아 웃는다

연鳶

맞서야 하는 운명이다, 바람에
위기에 온몸으로 나풀거린다

바람이 거칠어도
바람이 아무리 미워도
머리는 꼿꼿하게 세워야 한다
꼬리를 치켜들면 추락이다
연줄이 탱탱하게 버틸수록
어린 심장은 쫄깃쫄깃
지상에 없는 바람 맛이다

얼레를 빠르게 감는다
연이 급상승한다
얼레를 천천히 푼다
꼬리를 흔들며 내려앉는다
방패연 뚫린 구멍 옆으로
송액영복送厄迎福 쓰지 않고
민주공화국民主共和國을 쓴다

얼레의 연실을 있는 대로 푼다
벌이줄이 숨차도록 툭툭 당긴다
가장 높이 올랐을 때 싹둑 자른다
민주공화국을 보듬고 저 멀리
떠가는 연
뚫어져라 바라본다

정어리

약한 모습 보이기 싫어
떼 지어 다닌다
흩어지면 위험해
다닥다닥 붙는다
있는 힘껏
바다에서 산을 이루고
산처럼 바다를 이루어
돌풍처럼
백상아리를 집어삼킨다
집어삼킬 듯
삼켜진다
수천수만 마리가
백상아리의 한 입이다
사정없이 삼켜져
멸하지만
바다가 살아있는 한
지리멸렬한 법은
결코 없다
갈가리 흩어지고 찢기어

갈피를 잡을 수 없는
국민은 하나도 없다

앨버트로스

온몸이 젖도록 달리고 달린다
마음은 지구를 몇 바퀴 돌았는데
몸은 뛰어도 뛰어도 제 자리다

금신발 은신발의 뜀박질은 가볍다
고무벨트에 발만 올려도
세상이 먼저 알고 뛴다

흙신발은 앞만 보고 아득히 뛴다
산을 넘으면 강이 나타나고
강을 건너면 산이 막아선다

지상에서 뒤뚱거리지만
하늘 높이 날아 상승기류에 몸 얹으면
그 누구도 따라잡을 수 없다

뒷짐 지고 신겨진 금신발 은신발
거푸집만 무거워 날지 못하고
빈 하늘만 멍하니 바라본다

흙이 잔뜩 묻은 신발
흙이 떨어져 나갈 무렵
몸은 하늘 높이 날아오른다

모래섬

지구의 한가운데 선을 긋는다
왼쪽이 좋은 사람은 왼편에 서고
오른쪽이 좋은 사람은 오른편에 선다

선은 점선인 까닭에 모래알처럼
이리 왔다 저리 갔다 한다
밤낮없이 모래섬에 쓸려 다닌다

누군가 줄을 당기자마자 선이 흔들린다
곧은 잣대가 처음부터 부러진 탓이다
길이를 모르는 줄자에 허청이며 출렁인다

양쪽에 다리를 걸치고 선다
말이 안 되는 말인데
모래섬에서 살아남으려면 어쩔 수 없다

살자

한겨울 들길에서 마주쳤다
동면冬眠에서 내쫓긴 뱀 한 마리
현동 우산천 산책길 따라
비틀거리며 기어간다

대처 변두리 땅 밑에도
부동산 투기 바람 불었나
집주인 갑질 견디지 못해
추운 날 방 빼고 내쫓겼나

우리 집에 골방 있다
켜켜이 맺힌 벽 이슬 먹고
독을 뱉고 허물 벗고
보증금 없이 월세 없이
살자

자두나무와 쑥부쟁이

네가 자리 잡은 그곳은
네가 있을 데가 아니다

씨알 굵은 자두나무와
나란히 하기에는 네 배가 아프다

자리를 잘못 잡았다
물과 햇빛과 영양분 뺏기

네가 자두를 따돌렸다 해도
그 무리는 너를 돌놈으로 본다

좌우로 흔드는 분무기 대가리
쏴아 하는 물줄기

몸을 숨겨도 피할 수 없다
내가 살기 위해 너희를 죽인다고 했나

대거리해도 소용없다
오늘이 끝이다 마지막이다

고독

개나리 노란 나뭇가지에
노랑나비 떼 앉았다

봄바람 불고
봄비 내리고
노란 꽃잎 다 떨어지고
달랑 수컷 한 마리
날갯짓한다

개나리 파란 나뭇잎에
파란 날개 팔랑팔랑
파란 나비 날개가 빛난다
거미가 치근댄다
길가 고양이 뛰어오른다
먼 데 새가 날아온다

아무도 없다
노랑나비 한 마리만 노랑노랑 익는다

세상을 톱질하다

사방 천지 사람이 두껍다
누가 톱을 쥐고 있는지
도무지 알 수 없다
시르르르렁 실경
시르르르렁 실경
마주 앉아 톱 당기는 소리
도란도란 나누는 이야기였다가
지금은 앙앙 저 홀로 자르는 소리
둘로 갈라지며
몸통과 뿌리 몸통과 가지
죽어서도 서로 만나지 못한다

안개 어둠이 짙게 내려앉았다
영화관 간이역 대합실에도
윙윙거리는 전기톱 소리 앙앙댄다
뿌리는 뿌리대로 쓰이고
몸통은 몸통대로 쓰이고
하찮은 나뭇가지도 쓰일 데가 있다
종편 방송은 잘린 토막을 보자기로 덮고

밤낮으로 톱질소리만 들려준다
톱질하는 사회에 등허리가 찢어진다

까만 백골이 되어

일천구백육십년 삼월 십오일
자유를 죽이려고 방아쇠를 당겼습니다
정의로운 눈망울에 최루탄을 쏘았습니다
명령을 거역하지도
무장을 해제하지도
카빈총을 내던지지도 못했습니다
민주의 절규에 붉은 피 뿌린 죄
이제 환청이 되어 귀가 먹었습니다

오늘도 오른손 검지의 비겁함과
왼쪽 심장 악착빼기 짐승의 몸 끌고
도립마산의료원 피비린내 쿵쿵 맡습니다
무학초등학교 담벼락 총탄 자국
아우성이 칼날되어 내 가슴에 박힙니다
남성동 파출소 매캐한 연기
구둣발에 짓밟힌 울분을 따라
국립 3·15 민주의 문을 지납니다

참배단에 서서 감히 묵념을 올립니다

유영봉안소 천년만년 갚지 못할 죄
영정 앞에 무릎을 꿇습니다
머리를 부딪습니다
마산 앞바다 바람이 거칠게 불어옵니다
애기봉 옥녀봉 58기 유택 앞에
죽어서도 까만 백골이 되어 뉘우칩니다

당하고 싶다

소가 울면 소 울음
개가 짖으면 개소리

여의도에 개 짖는 소리 들린다
말 같지 않은 말
개소리를 하고 있다
핵개소리 하고 있다

회사 생활 5년에 퇴직금 50억
국회의원 자기 땅으로 KTX 노선 변경하고
대가성 뇌물에도 김영란법 모르쇠 작전
술은 마셨지만 음주 운전은 안 했단다
통정매매, 주식 통장 쓰게 해도 모두
다 괜찮단다

나도 그렇게 당하고 싶다
뻔히 알면서도 당하고 싶다

저울
— 진주형평운동

공평公平에 살고
공정公正에 죽는다

백정을 얹으면 양반으로
양반을 얹으면 백정으로
똑같은 무게로 눈금 맞춘다
진실을 단다
거짓을 단다
진실이 가벼우면 무겁게
거짓이 무거우면 가볍게
이편을 보면 저편도 보아라
곁눈질 말고 똑똑히 보아라
눈을 뜬 양심을 올리면
눈금은 잔잔한 물결이 된다

평정平正에 눈금을 하나하나 새긴다
저울눈에 한 마리 똥파리도 곁에 두지 않는다

목 놓아 부른다

이름 바꾸지 않았는데
40년 넘게 제대로 불린 적이 없다
기억하지 못하는 건지
일부러 안 하는 건지
대놓고 이름 부르면 참혹하게
드러나는 일이 너무 많아
숨기고 감추었나

송곳이 망치가 될 수 없다
호주머니에 깊숙이 넣는다고
송곳의 날카로움 바짝 엎드려 있을까
뾰족함은 언제든지 뚫고 나온다
이쪽을 누르면 저쪽으로
여기를 짓누르면 저기로

옹알이로 말문을 튼다
걸음마로 바라는 곳으로 발걸음한다
이제 그 이름 외친다
밝은 세상으로 끌어내어

목 놓아 부른다
부마 시민의 시월 민주 항쟁

검劍을 씻다
— 여수 선소 세검정에서

긴 칼 두 손으로 잡고
찌른다
비틀지 않았는데
칼끝이 가슴을 파고든다

양날로 배를 벤다
목덜미를 내리친다
속엣것 토해낸다
땅바닥에 낭자하다

바닷물이 붉어질수록 나랏일
점점 밝아진다
대명천지大明天地에 비치는 오사리잡것
죽일 놈은 죽이고
잡을 놈은 잡아들인다

바람이 잔다
바다가 잠잠하다
별똥별 지는 여수 밤바다

세검정洗劍亭에 둘러앉아
검을 닦는다

덮다

거짓을 거짓으로 덮는다
동편에서 굿거리장단으로 흥을 돋우는데
서편에서 진양조장단으로 한숨 돌린다
이 가락에 흔들 저 곡조에 휘청
악보에 없는 휘모리 얼씨구나 절씨구

언론 매체에서 쏟아지는 쓰레기 뉴스
눈으로 파고들고
귀를 뚫고 들어온다
믿거나 말거나
동촌 서촌 온 나라가 비틀비틀
눈이 감기지 않는다
귓구멍이 닫히지 않는다

뜨거운 뉴스를 차가운 뉴스로 섞는다
법에 술을 타고 정치에 물을 탄다
여당 국회의원의 뇌물 현장 사진
유명 배우의 대마초 연기로 빨아들인다
독한 놈보다 더 독한 놈

검사와 피의자가 주고받은 카톡 문자
인기 트로트 가수의 음주로 들이마신다

2부

멍때리다

시계를 한참 쳐다보고 있다
시간이 보이지 않는다
그 많던 시간은 어디로 숨었을까

아무것도 하지 않기로 했다
아무 말도 하지 않기로 했다
생각이 꿈틀거렸지만
꼬리를 물고 따라가지도 않았다

심장이 일정하게 뛴다
잡생각이 옅어진다
나쁜 생각이 사라진다
강한 바람에도 시간은 느리다

겉이 멍할수록
속은 꽉꽉 차 들어간다
물에 피어나는 불로 목을 축이고 있다

걸레

더러운 곳만 찾아다닙니다
구석진 먼지를 마시며
칼칼한 머리카락 삼키며
쉰내 나는 찌끼도 향기롭게 안아줍니다
꾀죄죄하여 땟국이 흐를라치면
물에 담겨 숨 쉴 틈 없이 짓눌리고
비눗물까지 먹게 됩니다
걸레는 빨아도 걸레라고 합니다
당신은 한 번이라도 깨끗하게 빨려보았는지
묻고 싶습니다
피곤하다는 가벼운 넋두리에도
사람들은 툭하면
걸레를 씹어 먹었느냐고 나무랍니다
걸레짝은 어디에 쓰냐고도 합니다
방을 훔치라고 하네요
단 한 번도 남의 물건을 탐낸 적이 없습니다
젖은 몸으로 방바닥을 깁니다
가끔 보송보송한 곳으로 가고 싶습니다
하루 일을 마치고 몸을 헹군 뒤

걸레통에 담겨 있는 시간이 가장 행복합니다
그래도 아직은
노닥노닥 기워도 마누라 장옷이랍니다

열다

동으로 해를 열면
쏜살같이 파고드는
뜨거운 사랑
동백아, 눈 열어라
한겨울 눈 맞춤에 기뻐라

서으로 노을을 열면
조곤조곤 다가오는
붉디붉은 그리움
나비야, 나래 저어라
해넘이에 젊은 날 슬퍼라

남으로 구름을 열면
따사로이 내려앉은
정겨운 햇살
산새야, 춤 추어라
훨훨 솟아오르는 춤을 추어라

북으로 달을 열면

물밀듯 밀려오는
싸늘한 어둠
바람아, 귀 닫아라
얼얼하게 살아온 세월이 시려라

가볍다

머릿속은 차츰차츰 가벼워진다

멀리 있는 것은 퍼뜩 눈에 들어오는데
눈앞은 찬찬히 더듬어도 도무지 잡히지 않는다
동그라미가 네모 같고 네모가 세모로 보이는
늦가을 해거름 돋보기를 더듬는다

말랑한 음식도 말썽을 부린다
아랫니 왼쪽 윗니 오른쪽
잇새가 늘 갑갑하다
숨구멍을 뚫을까, 치실을 찾는다

머리맡 햇빛에 검버섯 파랗다
듬성한 머리카락 바람에 쓸쓸하다
모자를 쓰고
마지막 가는 길의 사진 한 장

활짝 웃는 모습이 좋겠다
손아귀 힘은 점점 약해지는데

손에 쥐고 다녀야 할 것은 많다
지는 꽃 흐르는 물에 몸마저 가볍다

번개시장

일요일이면 새벽부터 다급하다
번개만 빼고 없는 게 없다
아스팔트에 생선 토막 나뒹굴고
손수레에 사과 배 수북하다
보도블록 위로 채소 밭떼기 옮겨왔다
휴일 아침 문을 닫은 대형마트 앞
밤새워 깁고 누벼진 옷붙이
줄줄이 걸려 꾸벅꾸벅 졸고 있다
길모퉁이 굽은 자리마다 쪼그리고 앉았다
머윗대같이 강파른 할머니
고구마 줄기와 부추 몇 단이 떨이다
"한 묶음 삼천 원, 두 묶음 오천 원
깐 건 한 묶음 오천 원"
할머니는 흥정을 끝내기도 전에
까놓은 고구마 줄기를 검은 비닐봉지에 담는다
"할머니, 안 깐 것도 두 묶음 주세요"
"새댁, 정구지는 필요 없나"
어린 시절 엄마와 부추밭 매던 생각에
옆에 있는 아내를 부추겼다

"해물전 굽기에 딱 좋은 부추네"
번개보다 빠르게 번개만 빼고 담는 할머니

꽃무덤

상복 공원 장례식장 냇가에
국화꽃이 꽃의 주검을
슬퍼하는 꽃무덤을 아시나요
헌화한 하얀 넋이
나날이 까맣게 뭉개집니다
네 살배기 하늘이와
예순아홉 영순 할머니가 손잡고 건넌 도랑
검버섯 얼굴에 치매가 깜부기처럼 까만
홀씨 되어 훌훌 날아간
민효일 어르신은 지금 어디에 살고 있나요
지역 문학 땡땡하게 다지자던 대학 동기
마지막 인사도 없이 훌쩍 가버린 안성길 평론가
두 발로 걸어 들어간 동네병원 응급실에서
마지막 추석을 보낸 이문재 선생
폐암 말기 친병親病 날짜 잡아
히어리 피던 날 지리산으로 떠난 배종환 시인
극락정토 향기로웠을 국화꽃이
오늘도 까맣게 뭉개집니다

자화상

서리가 재빠르게 머리 위에 앉았다
촘촘한 머리빗이 쉽게 지나간다
세세연년 바람이 살갗을 세차게 때려
견디지 못한 안면에 구김살 그득하다
무르익는 나이의 가을볕은
얼굴을 향해 쏟아부었다
얼굴만 검붉게 탔다
미성숙한 홍안이 부끄럽다
코는 오똑해서 다락집의 바람 선선하고
단춧구멍 같은 눈은 시야가 좁아
더러운 꼴을 볼 수가 없다
귀퉁이에 달랑달랑 붙은 작은 귀
말 같지 않은 소리 들을 수 없다
입술은 언제나 탱글탱글해서
고파도 고프다고 말하지 않는다
얼굴은 거짓말을 못하는데
거짓말만 느는 주름 뒤에
숨은 얼굴이 나에게 말했다
얼굴은 자연이다
세월이 덧칠한 그림이다

다랑논에서 길을 찾다

남해 남면 가천마을에서 길을 잃었다
계단인 줄 알고 무심코
내려 딛다 단숨에 해안까지 주르륵
자갈밭에 미끄러지듯 내려왔다

바다는 물속을 내보이지 않았다
고개를 돌려 지나온 길을 본다
산비탈 좁고 긴 목숨 줄 같은 논배미
층층구만층이다

할아버지와 아버지는 등에 지고
할머니와 어머니는 머리에 이고
바윗돌 짱돌을 날랐다
논물이 새지 않도록 쌓은 논두렁

물 한 방울은 낱알 한 움큼
손바닥으로 막고 발바닥으로 막았다
남녘 따가운 햇볕에 허리 굽고
남해 황금색 쌀알에 허리 폈다

한나절 다랑논 오르내리던
하얀 나비 한 마리
가파른 암벽 파도였다가, 이내
넓고 푸른 바다를 향해 날갯짓한다

외줄타기

공중에 팽팽하게 걸린 외줄
한 발짝 한 발짝 옮기던 어름사니
사물놀이 장단에 맞추어
이리 뛰고 저리 뛰고 공중제비 돌더니
엉덩이로 걷다가 줄에서 떨어졌다

합죽선 모아 쥐고
발랑발랑 바람을 부쳤는데
기울어진 몸을 바람이 바로 세우지 못했다
몇천 번을 탔을까
몇만 번을 건넜을까
중심이 무너지면 다친다
부채를 펼쳐 바람으로 허공을 잡아야 한다

살아가는 일은 외줄타기이다
밥을 먹는 일은 중심 잡기이다
한쪽으로 치우치면 위험하다
아슬아슬 외줄 타는 저 어름사니
바람으로 허공을 잡는다는 믿음
팽팽한 외줄에 목숨 걸었다

힘 빼고

길이 험할수록 두 다리에 힘이 들어간다 평지에서 입을 내밀지 않던 사람도 험한 산길에 접어들면 투덜댄다

낭떠러지가 가파를수록 머리끝이 쭈뼛댄다 기울기 급한 낭떠러지를 지날 때면 다리가 후들거린다 그냥 쉽게 갈 길마저 멈칫멈칫한다

물이 깊을수록 조심성은 높아진다 바닥이 훤히 보이는 물은 눈을 감고도 들어간다 자맥질도 자유롭다 깊이를 알 수 없는 물에는 한 발짝 내디딜 때마다 오금이 저린다

삶이 팍팍할수록 짜증은 더한다 호주머니 불룩할 때 맵찬 소리 쓴소리마저 웃음으로 받아넘긴다 지갑이 가벼워질수록 삐치는 일이 많다

몸에서 힘을 뺄 일이다 몸에서 힘을 빼는 순간 제대로 된 자세가 나온다 큰 힘이 절로 생긴다 질라이*는 부드럽다 늙는다는 것은 몸에서 힘을 빼는 일, 잘 사는 사람은 힘 빼고 산다

---

* 질라이: 어떤 일에 능숙한 이를 일컫는 경상도 지역어.

책을 덮는다

걸어서 들어간다
표지의 안내판을 보고 내디딘 걸음
깨알 같은 글이 빽빽한 책 속이다
공자도 예수도 보이지 않는 길
선뜻 방향을 가늠할 수 없다

앞을 막는 바위 같은 글자
흔들어도 움직이지 않는다
옆으로 돌아서 간다
능구렁이 같은 문장이 똬리를 틀고 있다
머리로 내리치다가 사전을 뒤적이다가
인터넷 창 속에서 찾아다닌다
방탄소년단이 세계 문화를 바꾸고 있다
밥이 안 되는 예술은 등을 돌린다

눈을 더 크게 뜨고 본다
사람이 흐릿한 곳에서는 안경을 찾는다
세상의 능선에 올라선다
사람이 눈에 들어온다

어제는 내일을 왜곡시키며
요철의 인간들이
이리 얽히고 저리 섥켜 있다

책을 덮는다
늦은 밤길에서 보았던 사람을 만났다
그 사람이 덮었던 책이었다 나는

나의 봄날

왕년이 없는 사람 없다

볕 잘 드는 집에 딸 아들 있다 초등학교 때 반장, 아니면 줄반장이라도 하지 않았나 발길 어렵던 금강산을 두 번 올랐다 돈은 쓸 만큼 벌었고 번 만큼 쓰기도 했다

비가 오지 않아도 물 걱정하지 않고 불빛 없어도 갈 길 찾아간다 마을 뒷산 오르지 않고도 산 너머 높은 집이 몇 채나 되는지 골목이 몇 갈래인지 다 안다

글자들 사각사각 돋아나 머릿속이 비좁다 글자는 세상 바깥으로 뛰쳐나오려고 발버둥 친다 가나다라마바사아자차카타파하 종이에 앉으면 시가 되고 몸이 된다

겨울이 깊어질수록 봄은 곁으로 온다 누가 초대하지 않았는데 저절로 찾아오는 봄, 새벽잠에 발딱발딱 일어난다 아직도 말랑말랑한 머리는 여러 사람을 기억한다

중간쯤

바닷물로 채운다, 선박평형수
660톤 강철공으로 붙잡는다
타이베이 101 마천루 평형추
한쪽으로 기운 생각
처박히지 않게 반대편으로 민다
앞으로 쓰러지는 마음
엎어지지 않게 뒤에서 껴안는다
왁자지껄 떠드는 소리에
들릴 듯 말듯 조곤조곤
더 올라가고 싶은 마음
더 내려가고 싶은 마음

그 중간쯤에 서고 싶다

빨대

불같은 갈증이 일어도
천천히 목구멍을 축이면서
한 모금씩 아껴 마시고 싶었다
첫 모금이 코를 탁 쏘고
혀끝이 알알해서 시원한 찰나
빵빵하게 차오르는 희열의 순간을
참을 수 없었을 뿐이다

며칠 전에도 그랬다
코로나-19로 밤은 더욱 어두웠으나 그럴수록
김 씨네 가게 과일은 눈이 부시게 빛났다
눈이 부시게 빛나던 한낮
김 씨네 가게가 문을 닫았다
초대형 슈퍼 과일이 동네 과일을 아작냈다

가늘면 가늘수록 빵빵하게 치올리는 입술
한 방울도 흘리지 않고 눈 깜빡할 새 비워낸다
훅, 후루룩, 쭉쭉

꿀꺽꿀꺽 목줄 당기는 저 욕망의 목울대

굼벵이

하늘로 날아오를 때까지
굴러서 가기에는 너무 멀다
구르는 재주를 뽐내기에는
둥글게 말아 올린 살갗 여리다
느리다고 욕하지 말라
여름철 한 열흘 울어 젖힌다고
얕보지도 말라
너덧 겨울 대여섯 봄
땅속에 묻혀 밟히지만
흙 속은 가뿐하다
나무에 오르는 시간 지루하다
물렁물렁한 몸통으로
우듬지까지는 멀디멀다
나무에 올라 허물 벗으면
몸을 텅텅 비워

배를 울리면서 울부짖을 날 있다

문경새재 넘으며

더 늦기 전에 저 고갯마루를 넘어야 한다
영남대로 옛길
조령鳥嶺에 새 한 마리 날지 않고
등산객만 울긋불긋하다
서울로 가는 길, 아직도 까마득하다

문경 초점草岾 맑은 물에
종이를 깨끗하게 씻는다
간절한 마음 군데군데 쉼표로 남겨
쓰고 지우고 말리고
또 쓰고 마침표를 찍는다

지금은 어깨의 짐이 무겁다
장원 급제가 아니라도 괜찮다
말석에 앉기만 해도 좋다
일자리 잡으려면 가을이 익을 무렵
문경새재에 와보면 안다

3부

도화桃花

집 안에 두기 두려워
산비탈 잔돌밭에 심다

3월 성난 산바람에
치맛자락 시리다

보일락 말락, 성글한 눈매
휘청이는 봄비

봄하늘 헤엄치는 파도
메마른 잔돌밭에 닿으리

봄바람에 파르르 떨고 있는
연분홍 꽃 아찔하다

구역과 영역

고양이 네 마리 졸졸 따른다
기장 바닷가 아난티 코브 담장 밖
어릴 때부터 남매로 자랐다는 고양이
이 구역 벗어나지 않는다
담장 안에는 밥그릇이 없다

울타리 바깥 잘 보이지 않는 곳에
물그릇 사료 그릇 나란히 놓았다
개체수를 늘리지 않겠다는
기장군청과의 약속
동물병원에서 중성화 수술도 했단다

해안 오시리아 산책길에서 만난
길고양이 네 마리
새벽이면 네 남매 찾는 길냥이 엄마
영역을 벗어나면 위험해
집으로 돌아가는 캣맘이 소리 지른다

"따라오지 마!"

"봄아, 누나 말 잘 들어야 해"
"여름, 아무거나 먹으면 안 돼"
"가을, 혼자 떨어져 다니지 마라"
"겨울아, 내일 아침에도 일찍 올게"

코로나블루

한 발짝도 내디딜 수 없다
면봉이 콧구멍으로 훅 들어온 순간
코로나 수인 번호 19
5월 4일 자정까지 가정만을 지키라 한다
아들은 중앙 형무소 숨소리를 지키고
아내는 햇살을 지키고
나는 세상과 교신할 궁리를 찾는다

목을 넘어가는 침이 가시가 된다
한숨에 젖은 북벽의 푸른곰팡이
북벽에 기댄 등으로 식은땀이 흐른다
알량한 시 쓰기를 위해
노트북을 켠다 파랗다
먹거리가 달랑달랑할 즈음
시집간 딸은 밀 키트와 과일 꾸러미를 문밖에 두고
젖은 목소리로 안부를 묻는다

좋은 이웃은 마른 반찬통들을
땅바닥에 놓고 간다며 무전으로 알린다

어머니는 소고깃국을 문고리에 매단 채
비밀이 새 나가지 않도록
눈을 밝힌다 차가운 얼음 위
맨발이 파랗다

선생님, 감옥에서 얼마나 고생하셨습니까?
그런데, 너는 감옥 밖에서 호강하였느냐?
월남 이상재 선생의 말을 떠올리며
일주일 만에 학교로 출근하는 첫날
아이들 웃음이 파랗다

창동답다

창동에는 정진업의 세월이 없다
창동에는 김수돈의 우수의 황제가 없다
창동에는 박재호의 간이역이 없다
이선관의 허새비 골목도 보이지 않는다

연안으로 되돌아오는 연어를 본다
어린이날 창동에서 본다
영서는 백일장 용지를 받았다
은비와 아름이는 그림을 그렸다
춤판무용단 어린이들은 군무하느라
이마에 땀방울이 송골송골 맺혔다
갈색 머릿결 꼬마는 오리떼기하려고 줄을 섰다
아버지는 달고나 한다고 아이의 손을 놓았다

창동이 창동 같은 날 부림시장
튀김집 김밥집 떡볶이집
가게마다 북적북적
상상길 걸어가는 사람들 어깨가 좁다
굽 낮은 구두 발걸음이 가볍다

물거리 좋은 오시午時 무렵
매미 태풍보다 도도한 물 들어온다
연어가 떼를 지어 몰려온다
창동은 냇물과 갱물이 만나 한바탕이다

노란 은행잎

설핏 기운 나무 의자
지팡이 쥐고 곧추앉은 할머니
떨어진 나뭇잎 하나 줍는다
샛노란 은행잎이다

할머니 앉은 자리가
누렇게 변한 표지의 책 한 권이다
세월 꾹꾹 눌러 담아 두툼하다
꽁꽁 묶인 보자기 매듭을 같이 푼다

중학교 국어 교사였다는
파란 은행잎에서 봄 냄새가 난다
철철 넘쳐나는 풋풋한 이야기
백 년 된 은행나무 뿌리로 스며든다

몸통이 찢겨 속살 비친 은행나무
대롱대롱 매달린 노란 은행잎
할머니 하얀 머리 위에서 나풀나풀한다
늦가을 해넘이 서녘 하늘 바라다본다

오름 수족관

서귀포 매일올레시장
바닷물고기 살고 있다
벤자리 부시리 강도다리
감성돔 뱅에돔 돌돔 참돔
이름이 예쁜 꽃돔 무늬오징어
값비싼 다금바리 서로 엉켜 지낸다
감성돔 뿜어내는 거품 속으로
벤자리 강도다리 파고들고
부시리 꼬리자루에 돌돔 참돔 바짝 붙었다
물보다 고기가 더 많은 수족관
씨알이 작으면 작은 대로
덩치 크면 큰 대로 함께 어울린다
고샅길에 제 몸 움츠려 길을 터주고
유유히 유영한다

송도 다리

야, 하고 부르면
강 건너편에서
여, 하고 대답하는 소리 들리던
송도 나루터, 남강 물은
이쪽저쪽을 갈라놓았다
국회의원 선거철
당선되면 완공하겠다고 공약한
선거 다리
선거 끝나면 다릿발 하나씩 놓였다
다음 총선까지 발목만 담그고 섰던
　　송
　　도
　　다
　　리
세상으로 가는 길 만들었다
의령 사람 함안으로 오기 좋고
대산 사람 지정으로 가기 편한
물 위의 길

노무현

바람이 거침없이 지나간다
들판에
우뚝하다

산맥도 없이
시름시름 솟은 봉우리
홀로 서 있다

고향이 같은 사람 없다
같은 학교 다닌 사람 없다
같은 성씨는 더욱 찾기 힘들다

이 사람 저 사람
밟고 오른다
등을 굽혀 편한 길 내어준다

봉화산을 닮은 그 사람

거제도

바닷물이 뭍을 갈랐다
뭍에서 밀려난 어미 섬은
외로워할 겨를 없이
섬을 낳고 섬을 키웠다

칠천도, 맏이다 칠천량해전 패배의 아픔을 잊은 채 바다를
지킨다
가조도, 연륙교 밤경치로 대낮같이 밝다
지심도, 동백꽃 피고 겨울에서 봄까지 목울대 붉다
이수도, 대구어大口魚가 산란하고 그 대구알 부풀어 마을
길 넓힌다

섬에서 섬으로 이어지는 우애
거제 앞바다 사랑으로 뜨겁다

학동 다리

학동리 돌다리가 무너졌다
이끼에 바퀴 자국 따닥따닥
손수레 다니고 관광버스 지나던 다리
한여름 폭우에 숨차 끙끙대더니
푹 주저앉았다

학동 아지매 무릎 관절
뚜두둑 뚜두두둑
맑은 날 흐린 날 마른 흙 젖은 흙
팔십 년 하늘을 이고 땅을 짚어
앉았다 일어섰다가
여기 번쩍 저기 번쩍 바쁘게 다녔다

굴착기 드나들며 야단 떨던 날
쇠다리 하나 번쩍 들어 올렸다
본동 댁 관절은 병원에서 만들었다
증손녀 손잡고 놀이터 간다
장바구니 들고 시장에 홀로 간다

다리는 길을 여는 삶의 뚝심이다

그래도
― 뉴아이엠에프

새벽 시장통 모닥불 옆에 두고
채소 한 단 팔려고 목청껏 외치는데
라면 먹는 사람 흰밥 먹는 사람
그래도 소고기에 밥 먹는 사람 있다

가느다란 철 구조물 까마득히 밟고 서서
뙤약볕에 땀방울 흘리는데
소주 마시는 사람 맥주 마시는 사람
그래도 양주 마시는 사람 있다

벼랑에 매달린 채 축 늘어져
구름 낀 하늘을 바라보는데
걸어가는 사람 뛰어가는 사람
그래도 날아가는 사람 있다

손바닥 발바닥 갈라 터진 골만큼
살아가는 모습 저마다 다르고
죽자고 몸부림쳐도 움푹 허방이지만
그래도 어둠 속에 보이는 사람 때문에 산다

찌르르하다

아프다고 말하지 못한다
살이 찢어지고
뼈마디 드러난 산비탈
덩치 큰 쇳덩이가 산허리 짓누르다가
밟고 으깨고 물고 뜯는다
으르렁 드르렁 불도저
놀란 짐승 울음소리 삼킨다
오솔길 뭉개지고 개울은 메워져
새와 물이 길을 잃었다
봄소식 전하던 개나리
늘 같이 놀던 진달래 갈아엎었다
늙은 소나무마저
토막토막 사라졌다
군데군데 꿰맨 실밥 자국처럼
인간이 낸 길 번듯하다
길 잃은 물이 인간을 쓸어버린다
쉼터 잃은 새 한 마리
검은 전깃줄을 움켜쥐고 있다

다리

강 건너 불구경하던 때
무거운 발만
동동거렸다

계곡 물살이 빨라서
강물이 너무 깊어서
속마음만 활활 타올랐다

우리 사이에 다리가 놓이면
골짜기가 험악해도 좋다
거센 강물도 두렵지 않다

돌다리면 어떻고 나무다리면 어떠냐
강과 강
산과 산을 잇는다

힘껏 건너라 뛰어라
강산에 착한 마음을 이어서
지구를 두른다

외탄의 밤

외탄外灘의 밤은
대륙답지 않게 화장이 짙다
연지 곤지 찍고 속눈썹까지 붙였다
밤길 낯설게 하는 조명
대낮의 부끄러움을 숨긴다

햇볕 쏟아지는 황포강黃浦江
주둥이 잠긴 페트병 숨결이 거칠다
둥둥 떠다니는 종이배 국적을 모른다
비닐봉지 강둑에 분분한데
불빛 나루터에서 푹 주저앉았다

외탄의 밤은 마술사
중국은 금방 갈아입은 듯한 신사 바지
술잔 든 중년 남녀가 환호성 지른다
대륙은 낯선 사람 가득 태운 유람선
밝은 어둠 속으로 달린다

홍기거 수로紅旗渠水路

붉은 깃발 수로에 환하게 비치는데
수만 리 물길이 보이지 않는다

밤낮없이 손발 부르트고
살가죽 터지고
굶주린 배 감싸안고
붉은 깃발 펄럭이는 대로
10년 넘게 장강만한 물길 만들었다
바위를 뚫고
하늘바라기 원망을 뚫고
밀알 타들어가는 시대를 뚫었다

우렁차게 흐르던 혁명의 물줄기
길을 잃었나
도도한 물길이 끊어졌다
작은 개천 발전기로 물길을 돌리는데
붉은 보트를 탄 관광객이 우렁차게 외친다
위대한 중화인민공화국 인민 만세
절벽 인공 수로는 말라붙은 지 오래

청년동 멋진 휘호 휘날리던
장쩌민이 죽은 날은 엊그제 같은 2022년

4부

박꽃

길을 가다가도
저녁밥을 먹다가도
잠자리에 들어서도
문득 뻐꾹뻐꾹

초가지붕 박꽃 이울어
새벽이 길어지면
하얀 꽃 진 자리에
솜털 가득 보송보송한 얼굴

박꽃 지면 박이 열려
엄마 덩굴 갈변하면
파란 아이들 주렁주렁 하는데
흰색 옷차림으로 고쳐 앉는

쉼터

겨울이 성큼 문 앞에 닥쳤다
찰랑거리던 몸이 단단하게 굳었다
사랑의 온도계가 얼어붙었다
한 해의 마지막 기온도 뚝 부러진다

배추 한 포기 무 한 뿌리
붉은 고추 마늘도 귀하다
비가 내리면 비에 젖고
눈이 내리면 몽당빗자루 하나 없다

집집이 대문이 열려 삐걱댄다
동네 가게마다 휴업 간판 허리가 겹다
거리에 스며드는 고양이 그림자
지하도에 신문지 덮은 사람을 덮는다

11월 어느덧 입동이다
캄캄한 인력사무소 새벽 입김
몸에서는 땀 냄새 나고
입에서는 단내가 난다

두툼한 이불 한 채 마련했다
소매가 반질거리는 패딩점퍼도 꺼냈다
김치 봉지 금빛 보자기에 싸고
차가운 지하도 해어진 신문지 들춘다

교실 아리랑

아래위를 모르니
위아래를 모른다
복도에서 마주치면 눈만 멀뚱멀뚱

두발 자율에 머리카락 나풀나풀
파마머리 헤어 브릿지도 모자라
꽁지머리 꽁꽁 묶었다

눈을 치켜뜨고 대들어 맞서도
따끔하게 나무랄 수 없다
못 알아듣는지 모른 척하는지

반은 책상에 엎드리고
반은 고개 들고 있다
깨어 있는 학생마저 딴청 부린다

시간 장소 가리지 않고
거리낌 없이 내뱉는 말
칼이 되거나 칼날이 된다

이 교실 어찌할꼬
저 학교 어찌할꼬
아리랑 아리랑 아라리요

천년손님

백년손님이 아니라 본가의 주인이다

식사 시간 끝나면
며느리가 소파에 앉는다 아들은
개수대 앞으로 자동이다
백년손님 떠나고 천년손님 오신다

저녁 시간, 술 한잔 마신다
"어머님, 오빠 술버릇이 왜 그래요?"
"아버님 젊은 시절도 그랬어요?"
"친정에는 그런 사람 없는데…"

잠잘 시간, 또 한마디 한다
"오빠, 애 잠버릇이 왜 이래?"
"우리 집에는 잠버릇 나쁜 사람 없는데…"
"누굴 닮아서 이러는지 모르겠네."

등나무는 가만히 있는데
들어온 칡넝쿨이 집 안을 감아 넘긴다

칡넝쿨이 갑질하는 사이
시어미는 입을 닫은 채 뒷걸음한다

딸은 오면 좋고 가면 더 좋다는데
며느리는 안 오면 더 좋은가
계묘년 설날에 천년손님
오지 않고 아들 혼자 왔다

당당한 애인
— 서지한 첫돌에

애인이 생겼다
세상에 둘도 없다

하얀 눈길 마주하면
까만 눈동자에 빠진다
눈 속에 나눔 있고 베풂 있다
가슴 두근거리는 사랑 있다

두 발로 처음 서던 날
미리내 별밭을 기어 왔는지
푸른 별 냄새 폴폴 상큼했다
손뼉 치며 지한이 만세

뚜벅뚜벅 걸어라
길을 내어 걸어라
넘어지면 홀로 일어나 걸어라
좋은 길로 길이 이어지리

솜털 머리 호호백발 되도록

잡은 손 놓지 않으마
바닷물 두 쪽으로 갈라지더라도
곧추서서 당당하게 걸어가렴

너는 나에게
영원히 긁지 않을 하늘의 복권이다

동전 파스

찬바람이 싫은 할머니
동전 파스 없이는 하루도 못 산다
어깨가 결린다
허리가 쑤신다
무릎이 뻐근하다
뼈와 뼈가 맞닿은 곳에는
늘 함께한다

붙임성 하나는 언제
어디서나 모나지 않는다
어제는 팔목에서 어깨까지
오늘은 발등에서 허리까지
거머리처럼 찰싹찰싹 붙는다
잘난 사람 못난 사람 가리지 않고
하룻밤 뜨거운 사랑
아침이면 기진맥진 툭 떨어지는

진동 아재의 하루

구십 년을 하얗게 지우며 산다

진동 아재
눈 뜨면 식탁으로 간다
아침은 아직 이른데 젓가락 만지작거린다
잠옷 입은 채 밥 달라며 보챈다
화장실 곁에 두고 쉬 마렵다며 조른다
얼굴을 씻을 줄도 모른다
현관문을 나서면 뒤뚱거린다
앞서 걸어가지만 자꾸 뒤를 돌아본다
방금 마주친 이웃에게
오랜만이라고 인사를 건넨다
큰아들을 아저씨라 부른 날은
화장실 벽에다 오줌을 눈다
변기 뚜껑을 열지 않고 용변을 본다
하나부터 열까지 다른 손이 필요하다

어제가 오늘이고 오늘이 오늘인
진동 아재의 내일은
한 곳에서 잘 노는 일

술자리

크게 벌릴수록 와자그르르하다
부어라, 위하여
마셔라, 위하여
쨍그랑쨍그랑
세상이 더러워도
사회가 시끄러워도
입속으로 들어간 무거운 말
게워내면 안 된다
꾹꾹 누르자
우웩 하지 말자
알코올 도수 높은 소문은
바람 타고 어디든 간다
나이 많다고 꼭꼭 씹지 말자
동료에게 손가락질하지 말자
술자리 길어질수록 개골창 밑바닥이다
해 으스름 군데군데 고래고함에
나무 의자 뒤편 벽 모서리에
일렬로 선 술병 거꾸러진다
발밑에서 나뒹군다

나는 빈 병을 밟고 정좌靜坐한다

마산馬山

학 한 마리 날지 않는 무학산
봉우리만 우뚝하다

신마산 통술 거리 넘어진 술잔들
흘러 흘러 댓거리 적시고
오동동 아귀찜 붉은 고춧가루
변질된 혓바닥에서 활활 불타오른다

민주의 혼
새벽녘 바닷바람에 눈 비비고
해양누리공원 개나리꽃 앞에서 기지개 켠다
달그림자 드리운 월영 월포 신월 반월

앉을 자리 누울 자리 비좁지만
돝섬으로 다리를 길게 뻗자
뿌웅 뿌웅, 뱃고동 소리
갈매기 떼를 지어 날개를 편다

많이 컸습니다

이리 오라고 하면 오고
저리 가라고 하면 가던
걸음마 찍찍거리는 아기가 아닙니다
이제 오고
가는 것은 내 마음입니다

할아버지가 부릅니다
발걸음 옮기면
할머니가 등 뒤에서 부릅니다
앞으로 갈까 뒤돌아 갈까
걷던 발길 멈춰 섭니다

뒤뚱대다 넘어져도 웃습니다
왼 손바닥에 오른 손가락 꼭꼭 누르면
깔깔거리며 손뼉을 칩니다
마주 보며 두 눈을 살짝
감았다 뜨는 순간 자지러집니다

나를 보면 깡충거리는 산토끼를

찾습니다 엄마 소 닮은 얼룩송아지를
묻습니다 아직은 잘 모릅니다
삼촌 목뒤에 걸터앉았습니다
벽면 가족사진이 손에 닿습니다

사진 속 할아버지는 고개 들고 쳐다봅니다
내 안에 엄마 아빠 있습니다

유통기한

유통기한 지나고 소비기한도 끝났다
생산자에게 책임을 물을 수 없다
소비자의 잘못도 아니다
오롯이 사용자의 몫이다
비슷한 듯 서로 다른 내용물
품질 유지 기한에 어떻게
사용하느냐에 따라 제각각이다

사람은 제조 일자를 갖고 있지만
본디 유통기한은 표시되지 않는다
깡통이 찌그러지는 그 순간까지
함량도 가격도 매기지 않는다
보존 방법을 가르쳐주지 않았다
세상은 유기체여서 산패되기도 한다
더러는 무에서 창조된 위대한 살점이기도 하다

아버지도 모른다
할아버지와 할머니도 모른다
유통되는 동안 실온이어도

냉장이거나 상온에서도 괜찮다
1938년산 장인丈人께서는
2022년 10월 5일 자로 소비기한이 끝났다

다발성 장기 부전증이란 정보를
굳이 밝히지 않았지만
아무도 식중독에 걸리지 않았다
진양 정 씨 선대에서 리콜했는지 모른다

독수리 식당

겨울이면 찾는 낙동강 둔치
독수리 식당이 없어졌다
겨울철 문을 여는 맛집이다
추위를 피해 몽골에서 날아 와
앉으려 해도 쉴 자리 보이지 않는다

합천창녕보 모래톱 물에 잠겼다
들판 가득한 비닐하우스에 숨이 막힌다
강가에도 돌길이 생겼다
길 따라 돌집이 줄을 섰다
하수구 검붉은 물길 눈이 맵다
깎이고 패인 산자락
굴착기 와르릉와르릉 울부짖는다

가을걷이 끝난 논바닥에
고깃덩어리 던져졌다
암갈색 냄새 독수리 날개보다 짙다
순번 대기표 없이 한 줄로 선다
허기진 일행 올 때까지 기다린다

다 같이 먹고 밥심으로
머나먼 고향으로 날아가려 한다

애창곡

매일 흥얼거리는
아버지의 노랫소리
앞뒤 다 잘라 먹고

"그때 그 시절 그리운 시절……."

아버지의 레코드는
하루 종일
제자리에서 맴돈다

꽃길을 걷는 당신

비단 같은 꽃길을 걸었으면
눈에서 멀어지기 전에
한 번이라도 뒤를 돌아 보세요

밟으면 뭉개지기도 하고
스스로 시들어 흉한 모습 됩니다
누군가 때맞추어 정리 정돈 해야지요

이른 봄 진해 천지를 밝히는 벚꽃이지만
한때 잠시 상춘객을 즐겁게 하고는
꽃밥이 버찌가 길을 더럽힙니다

사람 사는 세상이 지저분해지면
독기 머금은 꽃들이 피어난대요
나의 행복이 남의 불행 되어서는 안 되지만

남의 불행이 나의 행복 되는 것도 싫습니다
위험한 침방울이 지구촌을 삼키고
더 이상 비말飛沫이 날지 않도록

말수 줄이고 입에는 마스크를 써야 합니다

불판板

태어나서 죽을 때까지
달구어지고 달궈져
살과 뼈를 지지는 형벌을
온몸으로 받아내었다

뜨거운 심장을 두 눈 부릅뜨고
살아있었던 모든 것들의 멸각滅却을
지켜보아야 하는 차디찬 검은 눈
머리부터 발끝까지, 한평생
결 따라 다루는 육질의 나무를 가르고
육향의 계곡 육즙의 핏물 가득한 숲
듬뿍이 살점이란 살점을
닥치는 대로 안아내었다

누군가의 살과 피를 위한
생살을 뜨겁게 달구어내는 성육聖肉의 시간
살아있던 모든 것이 죽은 후, 살점이란
결코 혼魂이 있을 수 없다는 것을
처절하게 증명해내고야 마는
불타는 육향과 육즙의 시간인데

강철이 아니라 무른 쇠라고
눈물 쇠라고 외치는 소리
바람의 무게만 하다

아우라지 사랑

가만히 보아도 푸른 산
뒤돌아보아도 푸른 산

첩첩 산산에 후끈한 사랑
철 이른 장마 물살에 휩쓸린다
사랑은 우당탕탕 우루루 쾅쾅
눈빛 마주할 틈도 없이 떠내려간다
행여나 돌다리에 걸릴까
뚫어지게 쳐다보는 아우라지 처녀
혹여 징검다리에 걸릴까
한시도 눈 못 떼는 아우라지 총각
두 볼을 타고 흐르는 물
새까만 총각 옷고름 적신다
어느새 검정 고무신 가득 고인다

가만히 보아도 감자꽃 총각
뒤돌아보아도 찔레꽃 처녀

체관, 중정과 정명의 시

이성모(문학평론가, 창원시 김달진문학관장)

1. 들어가며

안화수의 시를 읽으며 시의 위의威儀를 새삼 되새긴다. 존경할 만한 태도와 차림새를 갖춘 시란 무엇인가. 이는 뚝심처럼 견지하는 정직성으로부터 비롯된다. 시적 발화의 옳고 그름을 초월하여, 시인의 말은 참되었으므로 스스로 부끄럽지 않다는 것. 시란 뜻을 말하는 것(詩言志: 書經)이어서 스스로 생각과 감정을 밖으로 내비치기 마련이다. 이때 푸념과 넋두리는 자기 지시적 시선에 가두어져 있는 것이라 애당초 그르고, 독단적 편견의 도그마에 함몰된 독선적 시선은 독자들의 공감을 얻을 수 없다.

모름지기 시언지詩言志란 시인의 참된 언행이 고스란히 시에 일체화되어 한 점 부끄러움이 없음을 일컫는다. 이는 애써 시를 짓는 거짓의 작위作爲와 다르며, 탈(persona)을 쓰고 진리를 설파하려 들이대는 득도득시得度得詩 담론의 시와도 다르다. 그야말로 딱 자기만큼의 생각, 그릇에 담기는 시의 뜻이어서 정갈하다. 깨끗하고 깔끔한 뜻에 만물의 정情을 그득하게 머금고 있다. 우리 인간은 본디 거대한 큰 그릇이 아니라, 종발만한 뜻과 마음으로 허청거리는데, 종발보다 더 작은 그릇인 종지 같은 시인이 제 뜻과 정을 정직하게 담아 흔들림 없다. 뜻이나 생각이 깊고 간절할 뿐 아니라 깊숙하여, 종지에 담긴 시가 그윽하다.

2. 중정中正

안화수의 제4시집『동백아, 눈 열어라』에서 도드라져 또렷하게 드러내는 것은 작금의 정치 상황에 관한 회의적 시각이다. 상식과 권위가 사라진 정치에 관한 국민의 저항과 환멸은 말할 것도 없고, 정치 계파에 함몰되어 사생결단 깨어부서지고 없어질 때까지 끝장을 내는 파국으로 보고 있다. 정당이거나 계파이거나 국민을 받든다는 허울의 명분을 앞세워, 상대 진영을 난도질하고 있다. 상호 존중과 화합은 아랑곳없을 뿐 아니라, 국민을 도무지 두려워하지 않는다. 그야말로 연암 박지원이 말하는바, 정치 권력 그 "천지간의 큰 도적, 인의仁義의 대적大賊"(「호질」)들이 떵떵거리며 거들먹거리는 등쌀에 죽어나는 것은 국민뿐이다. 이러한 총체적 정황을 모래섬에 빗대었다.

> 지구의 한가운데 선을 긋는다
> 왼쪽이 좋은 사람은 왼편에 서고
> 오른쪽이 좋은 사람은 오른편에 선다
>
> 선은 점선인 까닭에 모래알처럼
> 이리 왔다 저리 갔다 한다
> 밤낮없이 모래섬에 쓸려 다닌다
>
> 누군가 줄을 당기자마자 선이 흔들린다
> 곧은 잣대가 처음부터 부러진 탓이다
> 길이를 모르는 줄자에 허청이며 출렁인다
>
> 양쪽에 다리를 걸치고 선다
> 말이 안 되는 말인데
> 모래섬에서 살아남으려면 어쩔 수 없다
>
> —「모래섬」 전문

  정책을 두고 국민의 바라보는 시선이 왼쪽과 오른쪽으로 나뉘었다. 이는 당연하다. 정치가 이념의 분열과 통합이라는 변증법적 발전 법칙을 띤 것이기 때문이다. 관점의 차이는 마땅하나, 원칙은 존중되어야 바람직하다. 정치적 행동이나 원론이 자유민주주의의 엄정한 규칙과 법칙에서 벗어나서는 안 된다. 문제는 왼쪽과 오른쪽으로 나뉜 모래섬의 "선은 점선인 까닭에 모래알처럼 / 이리 왔다 저리 갔다"한다는 것이다.

시적 화자는 모래섬으로 표상된 정치적 정황과 모래알로 재현된 국민의 양태 모두 회의적이다. 이념과 사상이 다르더라도 공동체의 연대성, 이른바 국가를 향한 책무를 다하겠다는 신념을 상실한 채, "모래섬에 쓸려" 마구 몰리는 존재가 국민의 속성이라는 것이다. 이는 원칙과 법칙이라는 "곧은 잣대가 처음부터 부러진 탓이다". 오롯이 이해가 맞아떨어지는 쪽으로의 끝없는 투쟁이라는 "줄자에 허청이며 출렁인다". 찬성과 반대의 양극단을 달리는 것이 정치의 본질이라 하더라도, 자신에게 유리한 선택만을 강압적으로 쾌치는 치킨 게임(chicken game)에서 살아남을 수 있는 길은 "양쪽에 다리를 걸치고 서"는 불편한 공존이다. 국민은 이쪽과 저쪽 모두에서 결코 자유로울 수 없을 뿐 아니라, 전망을 가늠할 수 없는 불확정성으로 내던져진다. 총체적 난국을 타결할 수 있는 길은 어디에 있는가. 어느 한쪽으로 지나치거나 모자람이 없이 곧고 올바른 중정中正에 있다고 여긴다.

    비방침묵오해불만불안갈등정의자유공정의리진실가짜뉴
    스중상모략위증교사내로남불

보이는 듯 보이지 않고
들리는 듯 들리지 않는 허공이다

얼음장 아래 뜨거운 샘물도 없다
아무도 봄을 말하지 않는다

왼쪽 손가락에서 오른쪽 엄지로 매화가
엉금엉금 기어간다

오른팔에서 왼쪽 팔뚝으로 산수유가
아장아장 걸어간다

그동안 쌓인 오해 한 줄로 나란히
옆으로 나란히 나란히 손잡고 서다

— 「나란히 나란히」 전문

　위 시는 예사롭게 쓰이는 일상 언어인 '나란히'를 비일상
의 이중어二重語로 두드러지게 하여 새로운 느낌이나 지각이
일어나도록 하는 이른바 언어의 전경화前景化를 꾀하였다. 예
사롭게 여럿이 줄지어 가지런하게 늘어선 모양으로서 '나란
히'라는 아름다운 질서의 가치 개념에다가, 서로 평행노선으
로 치달아 불편한 관계성을 내포하는 '나란히'를 같은 자리
에 놓았다.
　위 시 1연은 갈등과 대립, 불화와 반목의 정황을 직서적
으로 제시하였다. 순리純理를 따르지 않는 역리逆理의 거스름

이다. 서로가 서로에게 끝없는 투쟁이며 적대적 관계에 있다. 이를 두고 시적 화자는 "보이는 듯 보이지 않고, 들리는 듯 들리지 않는 허공"으로 표상하였다. 보려고도 않고 들으려고도 않는 사생결단 대치 국면이다. 이를 "얼음장 아래 뜨거운 샘물도 없다"라고 아날로지하여 인심을 떠나 배반하는 정치적 이반離叛을 암유하였다. 국민 그 누구도 '정치의 봄날'을 말하지 않는 암담함으로 감지한다.

위 시에서 시적 화자가 꿈꾸는 정치란 만유 물상物象이 머금고 있는바, 매화와 산수유가 꽃을 피우기 위해 "왼쪽 손가락에서 오른쪽 엄지로, 오른팔에서 왼쪽 팔뚝"으로 화기和氣를 아낌없이 건네주고 있으리라는 믿음이다. 싸우고 다투어 복종케 하는 정치征治가 아니라, 서로의 이해를 조정하고 질서를 바로잡는 정치政治이기를 바란다. 파국으로 치닫는 위정자들의 정치적 농단을 눈 부릅뜨고 지켜보고 있을, 모름지기 정치의 주체는 국민이다.

약한 모습 보이기 싫어 / 떼 지어 다닌다 / 흩어지면 위험해 / 다닥다닥 붙는다 / 있는 힘껏 / 바다에서 산을 이루고 / 산처럼 바다를 이루어 / 돌풍처럼 / 백상아리를 집어삼킨다 / 집어삼킬 듯 / 삼켜진다 / 수천수만 마리가 / 백상아리의 한 입이다 / 사정없이 삼켜져 / 멸하지만 / 바다가 살아있는 한 / 지리멸렬한 법은 / 결코 없다 / 갈가리 흩어지고 찢기어 / 갈피를 잡을 수 없는 / 국민은 하나도 없다

— 「정어리」 전문

위 시는 대중들의 현상적 태도를 정어리로 의물화 하여 빗대었다. 포식자를 상대로 개체로서 "약한 모습 보이기 싫어 / 떼지어 다닌다 / 흩어지면 위험해 / 다닥다닥 붙는" 속성을 지닌 정어리이다. 살아남기 위한 최선의 방편이다. 최대한 살아남기 위해 최소한의 희생을 감수해야 하는 것이 운명적이고 필연적이라고 여긴다. 떼거리에서 '나만 아니면 상관없는' 지극히 개인주의적 속성을 지녔다. 때로는 최상위 포식자인 '백상아리'를 "집어삼킬 듯", 한편으로 "삼켜지는" 역설적 존재이기도 하다. 떼거리의 거대한 저항과 개체의 소심한 굴종의 양면성을 두루 지닌 정어리의 존재는 멸滅하는 듯하지만 '바다'로 표상되는 진리의 세계에서 지리멸렬하지도 않는다. 정어리로 표상되는 국민의 모습은 "갈가리 흩어지고 찢기어 갈피를 잡을 수 없는" 분열과 파국의 존재가 아니라는 확신을 견지하고 있다. 소심하고 겁약怯弱하지만, 마음 가는 대로 느끼는 대로 결집할 때 세상을 뒤엎는 존재라는 것이다.

그의 시에서 유독 현 단계 정치·사회적 상황에 관한 시적 발화가 많은 까닭은 무엇인가. "사방 천지 사람이 두껍다 / 누가 톱을 쥐고 있는지 / 도무지 알 수 없다"(「세상을 톱질하다」)에서 암유하는 '두껍다'에는 다중적 인격의 정치인이 우리 사회를 어둠이나 안개, 그늘 따위로 짙게 드리우고 있는 암담함을 감각적 지각으로 끌어내었다. "톱질하는 사회에 등허리가 찢어진다" 적대적 관계로서 투쟁, 반목질시로 서로 자르고 켜는 "대명천지에 비치는 오사리잡것 / 죽일 놈은 죽이고 / 잡을 놈은 잡아들인다"(「검을 썼다」).

단호하고 강경한 시적 발화의 촉발점은 오늘의 참담한 정치 상황에 저항하면서, 내일의 전망을 헤아려 내다보는 데에서 비롯되었다. 이는 아도르노가 말하는바, 현 단계 "정치적 예술작품이 풍미하는 시대가 아니다. 그러나 정치가 자율적으로 문학 작품 속으로 끼어 들어온 것이다. 그것도 문학 작품들이 정치적으로 죽은 척하고 있는 곳까지 가장 깊숙이 …"(신상전, A. J. Weckbecker 엮음, 『독일의 정치시』, 55쪽) 스며든 것과 같다. 앞으로 중정中正에 입각한 안화수 시인의 비판적 성찰, 그 시적 발화를 눈여겨볼 일이다.

3. 체관諦觀

안화수 시인의 제4시집 『동백아, 눈 열어라』가 앞서 펴낸 일련의 시집과 확연히 달라진 점은 종래 직서적 서술에서 관조적 시점으로의 이행移行이다. 과거에 그는 자신이 시적 화자인 것을 견지하여 스스로 뜻과 마음을 있는 그대로 말하였었다. 관념적 생각을 겉으로 드러내는 까닭에 감각적 감성이 시의 정감情感에 스며들 겨를이 없었다. 옳고 그름의 판단 사유가 앞서, 내면화의 시적 표상에 이르지 못하였다. 설명적 진술에 기댄 관념적 인식으로 인해, 지극히 메마른 감정이었다. 게다가 마음에 있는 것을 죄다 드러내어 말하여서, 독자들의 세계에서 새로이 참신하게 느끼거나 생각할 여지가 없었다.

　시적 발화의 주체가 참되었으므로 발화의 진정성은 도두보였다. 지나치게 주체 중심이었던 탓이다. 그러다가 마침내 시적 대상에 관한 이해가 곧 주체 존재 그 자체이며, 그러한 탐구를 통해 세계에 관한 새로운 인식과 이해에 도달할 수 있음을 다음 시를 통해 명징明徵하게 드러내었다.

태어나서 죽을 때까지
달구어지고 달궈져
살과 뼈를 지지는 형벌을
온몸으로 받아내었다

뜨거운 심장을 두 눈 부릅뜨고
살아있었던 모든 것들의 멸각滅却을
지켜보아야 하는 차디찬 검은 눈
머리부터 발끝까지, 한평생
결 따라 다루는 육질의 나무를 가르고
육향의 계곡 육즙의 핏물 가득한 숲
듬뿍이 살점이란 살점을
닥치는 대로 안아내었다

누군가의 살과 피를 위한
생살을 뜨겁게 달구어내는 성육聖肉의 시간

살아있던 모든 것이 죽은 후, 살점이란
결코 혼魂이 있을 수 없다는 것을
처절하게 증명해내고야 마는
불타는 육향과 육즙의 시간인데

강철이 아니라 무른 쇠라고
눈물 쇠라고 외치는 소리
바람의 무게만 하다

—「불판」 전문

시적 대상인 동시에 시적 주체로서 '불판'이 경험하는 세계라는 점부터 남다르다. 시인의 주관적 생각이 앞서, 가감 없는 시적 발화로 터져 나오는 것과 달리, 짐짓 주관적 관념에서 벗어난 듯, '불판'의 세계로 객관화하여 미적 거리 확보는 물론, 누구나 다 경험했던 것에서 공감의 확장성을 한껏 넓혔다.

불판으로 물화된 시적 주체가 "태어나서 죽을 때까지 / 달구어지고 달궈져 / 살과 뼈를 지지는 형벌을 / 온몸으로 받아내었다"라고 한다. 불판에 투영된 삶의 모습은 타고난 대로 살과 뼈를 지져야 하는 가학인데, 이를 두고 주어진 형벌이라 하였다. 불판을 "살아 있었던 모든 것들의 멸각을 지켜보아야 하는 차디찬 검은 눈"으로 표상하였다. 더 나아가 살과 뼈의 동물적 상상력을 "결 따라 다루는 육질의 나무를 가르고 / 육향의 계곡 육즙의 핏물 가득한 숲"이라는 식물적 상상력의 이미지로 조작하여, 물화된 상상력을 자연 생명의 우주적 아날로지로 확장하였다.

옥타비오 파스가 말하는바 "아날로지가 온갖 물물을 시로 바꾼다면 텍스트로서의 시가 소우주가 되는 순간이다". 인간 혹은 인간의 정신을 일컫는 소우주의 세계에 내던져진 불판의 삶이란 "누군가의 살과 피를 위한 / 생살을 뜨겁게 달구어내는 성육의 시간"을 감내하는 것이다. 역설적인 성육의 시간, 질근질근 씹혀 "죽은 후 살점이란 결코 혼이 있을 수 없다는 것을 처절하게" 목도目睹해야 한다.

세상이라는 숲은 누군가의 살과 피가 되기 위해 핏물로 가득하고, 불판은 혼마저도 남기지 않고 없애버리는데, 어쩔 수 없는 가학加虐의 희생양으로서 불판이 스스로 "강철이 아니라 무른 쇠라고 / 눈물 쇠라고 외치는 소리 / 바람의 무게만 하"여 거볍다고 한다. 눈물마저 바람처럼 가벼운 비정한 세계를 경험하는 주체이자, 체험된 몸(le corps vécu)으로서 불판을 읽어내었다. 사물은 의인화의 몸꼴이며, 인간은 의물화의 두두물물頭頭物物 그 자체라는 물아일여物我一如를 통해 본질을 통찰하고 깨닫는 도정에 다음 시가 있다.

> 사람은 제조 일자를 갖고 있지만
> 본디 유통기한은 표시되지 않는다
> 깡통이 찌그러지는 그 순간까지
> 함량도 가격도 매기지 않는다
> 보존 방법을 가르쳐주지 않았다

세상은 유기체여서 산패되기도 한다
더러는 무에서 창조된 위대한 살점이기도 하다

아버지도 모른다
할아버지와 할머니도 모른다
유통되는 동안 실온이어도
냉장이거나 상온에서도 괜찮다
1938년산 장인丈人께서는
2022년 10월 5일 자로 소비기한이 끝났다
　　　　　　　　　　　　　　　　―「유통기한」 부분

　위 시는 인간의 생명을 깡통 조림의 "위대한 살점"으로 무
차별하게 전도顚倒하여 낯설게 하였다. 깡통에 새겨진 유통
기한이라는 일상적 친숙함이 문득 인간의 시한적 생명 연한
으로 낯설게 하기(Defamiliarization), 그 불편한 조합에 놓여있
다. 아울러 사람은 탄생의 "제조 일자를 갖고 있지만 / 본디
유통기한은 표시되지 않는다"라는 알레고리가 전체 시의 맥
락을 이끌었다. "깡통이 찌그러지는 그 순간까지 / 함량도
가격도 매기지 않는다 / 보존 방법을 가르쳐주지 않았다"라
는 냉담한 시침 떼기식 시적 발화를 통해, 인간은 철저히 깡
통 안의 살점일 뿐이다. 거대한 "세상은 유기체여서 산패되
기도" 하듯이, 인간 역시 "무에서 창조된 위대한 살점"으로
서 분해되거나 산화될 뿐이다. 그렇게 "1938년산 장인께서
는 / 2022년 10월 5일 자로 소비기한이 끝났다".
　시인의 경험과 인식, 고착된 일상 언어의 논리를 초월한

미학의 근저는 어디에 있는가. 이는 주관과 객관, 관념과 실재, 자아와 세계가 넘나드는 무차별의 통합, 물물 그 자체를 몸소 체험하여 알아차리는 것으로부터 비롯된다.

> 서귀포 매일올레시장
> 바닷물고기 살고 있다
> 벤자리 부시리 강도다리
> 감성돔 벵에돔 돌돔 참돔
> 이름이 예쁜 꽃돔 무늬오징어
> 값비싼 다금바리 서로 엉켜 지낸다
> 감성돔 뿜어내는 거품 속으로
> 벤자리 강도다리 파고들고
> 부시리 꼬리자루에 돌돔 참돔 바짝 붙었다
> 물보다 고기가 더 많은 수족관
> 씨알이 작으면 작은 대로
> 덩치 크면 큰 대로 함께 어울린다
> 고샅길에 제 몸 움츠려 길을 터주고
> 유유히 유영한다

―「오름 수족관」 전문

위 시를 곰곰이 읽는 독자는 수족관에 떼지어 사는 물고기들의 질서정연함에 놀라움을 금치 못할 것이다. 나름대로 순서와 차례, 서로의 움직임에 맞추어 공간의 이동이 자연스럽게 이루어지는 위대한 질박質朴함 그 자체로 수수한 세계를 이룬다. "다금바리는 서로 엉켜지내"어 큰 덩치답게 다른 물고기를 치어서 피해를 주지 않으려 나름의 영역에 자리 잡고 있다. "감성돔 뿜어대는 거품 속으로" 기포가 한창 무르익는 숨길 따라 "벤자리 강도다리 파고들고", "부시리 꼬리자루에 돌돔 참돔 바짝 붙었다". "씨알이 작으면 작은 대로 / 덩치 크면 큰 대로 함께 어울린다". 고샅길로 표상하는 좁은 골목의 시련과 고난의 길에 물고기들은 "제 몸 움츠려 길을 터주고 / 유유히 유영한다".

그야말로 "(억지로) 아무것도 하지 않으나 이루어지지 않음이 없다. 無爲而無不爲. 노자 『도덕경』 제37장" 미망과 혼돈을 불러일으키는 물[水]의 경계가 없으므로, 자연계 스스로 원리와 법칙인 섭리의 '위'만 따를 뿐, 애써 '인위'를 지을 까닭이 없다. "아무것도 없고, 어디에도 있지 않은 곳. 無何有之鄕(『장자』, 應帝王)"을 수족관을 통해 체관體觀하고 있다. 물물의 본체를 꿰뚫어 보아, 이를 객체나 사물로서의 몸이 아니라, 경험하는 주체로서 체험된 몸으로 직관하는 시 세계를 한껏 보여주고 있다.

4. 정명正名으로 여는 틈새

예술의 본질이 자기 고백적 성찰에 있음은 잘 알려진 일이다. 특히 자신의 얼굴을 그려내는 투사적 행위를 통하여 "나 속의 나"와 소통하는 자화상은 더욱 흥미롭다. 겉모습에 관한 기술적 태도 혹은 자기애를 넘어서, 감성으로 넘나드는 내면의 자의식을 끄집어내어 밝히는 이른바 심리적 고백이다.

> 코는 오똑해서 다락집의 바람 선선하고
> 단춧구멍 같은 눈은 시야가 좁아
> 더러운 꼴을 볼 수가 없다
> 귀퉁이에 달랑달랑 붙은 작은 귀
> 말 같지 않은 소리 들을 수 없다
> 입술은 언제나 탱글탱글해서
> 고파도 고프다고 말하지 않는다
> 얼굴은 거짓말을 못하는데
> 거짓말만 느는 주름 뒤에
> 숨은 얼굴이 나에게 말했다
> 얼굴은 자연이다
> 세월이 덧칠한 그림이다
>
> ―「자화상」 부분

위 시의 화자는 자기 얼굴의 구체적 외양을 물화物化로 감각화하여 표상하였다. 예컨대 '코'는 도드라져 높이 솟아 '다락집'으로 표상되며, 물화된 상상력으로서 다락집에 '바람 선선하'다. 감각적 감성으로서 '선선하다'라는 것은 시원한 느낌이 들 정도로 서늘한 것이지만, 감성을 넘어서 지적 성찰 혹은 새로운 인식으로서 자아 정체성의 차원에서는 성질이나 태도가 까다롭지 않고 주저함이 없어 호활浩闊함을 말한다. '눈'은 "단춧구멍"으로 물화된 상상력이어서 "시야가 좁아 더러운 꼴을 볼 수가 없다"라는 역설의 시적 발화가 가

능하다. 시야가 넓어서 이러거나 저러거나 두루뭉술 하느니 보다, 차라리 거짓된 것을 명명백백 핍진逼眞하여 밝혀내는 눈초리가 되겠다는 것이다. '작은 귀' 역시 큰 귀가 온갖 이야기를 다 들어넘기는 데에 반해, "말 같지 않은 소리 들을 수 없다"라고 한다. 남의 말에 휘둘리지 않고 자신의 결심과 태도 혹은 입장을 단호하고 엄격한 태도로 견지한다. 때론 희화적으로 그려지고 있는 '입술'은 탱탱하고 둥글둥글하여 "고파도 고프다고" 칭얼거리는 짜증을 내지 않는다. 못마땅하다는 것을 부박浮薄하게 내뱉어 경솔하게 처신하는 것을 경계한다.

시적 화자가 생각하는 "얼굴은 자연"이다. 공자는 "이름이 바르면 모든 일이 순조롭다. 正名順行"라고 하였다. 이름으로 일컬어지는 얼굴이 거짓 웃음과 울음, 위선적이거나 위악적으로 세상과 사람을 속일 수 있겠으나, 이는 정명正名을 거스르는 것이다. 정명은 마치 숨을 쉬는 것이어서 자기의 마음이 들숨과 날숨을 따라 한결같이 순조로운 것을 말한다. 라틴어 스피리투스(spiritus)가 숨을 의미하듯, 영어의 정신(spirit)이야말로 모든 존재에 숨을 틔우는 행위임을 떠올린다. 위 시「자화상」을 통해 자아를 감성적으로 창조하며, 정명의 정신이 스스로 삶의 숨을 틔우는 성스러움에 있음을 체득하였다.

머릿속은 차츰차츰 가벼워진다

멀리 있는 것은 퍼뜩 눈에 들어오는데
눈앞은 찬찬히 더듬어도 도무지 잡히지 않는다
동그라미가 네모 같고 네모가 세모로 보이는
늦가을 해거름 돋보기를 더듬는다

말랑한 음식도 말썽을 부린다
아랫니 왼쪽 윗니 오른쪽
잇새가 늘 갑갑하다
숨구멍을 뚫을까, 치실을 찾는다

머리맡 햇빛에 검버섯 파랗다
듬성한 머리카락 바람에 쓸쓸하다
모자를 쓰고
마지막 가는 길의 사진 한 장

활짝 웃는 모습이 좋겠다
손아귀 힘은 점점 약해지는데
손에 쥐고 다녀야 할 것은 많다
지는 꽃 흐르는 물에 몸마저 가볍다

—「가볍다」 전문

   위 시는 늙어가는 몸을 설명적 진술이 아닌 비유와 감각으로 아날로지하였다. 늙어감을 "늦가을 해거름 돋보기를 더듬는" 것으로 일체화하였다. 몸의 실체가 서정의 물상을 통해 감지되는 세계이다. "잇새가 늘 갑갑하듯" 세상살이가 답답할 때, "숨구멍을 뚫을까"라는 것으로 아날로지하여 궁리

한다. "검버섯 파랗다 / 듬성한 머리카락"이어서 "모자를 쓰고 / 마지막 가는 길의 사진 한 장"을 아름답게 남기려 한다. "나는 죽어가는 법을 알고 있는 사람이기 때문이리라"(김수영, 「파리와 더불어」).

죽어가는 법을 알고 있는 순간이란 역설적으로 새롭게 살아가는 법을 알 수 있는 시작점이다. 제 몸 온전히 간수看守하여 추스르기 어려움을 "손에 쥐고 다녀야 할 것은 많"은 것으로 아날로지하였다. 마음만은 "지는 꽃 흐르는 물에 몸마저 가볍다". 전 생애가 빼어나다고 떠들썩하게 허세 부리기보다, 나의 생애란 "지는 꽃 흐르는 물"에 얹어놓은 지극히 가벼운 몸이라는 인식이다.

제대로 살아본 사람은 안다. 이제껏 살아온 길이 허욕과 아집으로 점철된 무겁고 일그러진 그림자였던 까닭에, 이제 꽃 지거나 물 흐르거나 찰나의 삶이라는 가벼움의 몸꼴로 자신을 얹어둔다. 이러한 시적 사유가 잇닿은 곳에 "몸에서 힘을 뺄 일이다 몸에서 힘을 빼는 순간 제대로 된 자세가 나온다 큰 힘이 절로 생긴다 질라이는 부드럽다 늙는다는 것은 몸에서 힘을 빼는 일, 잘 사는 사람은 힘 빼고 산다"(「힘 빼고」)라는 시적 발화가 맥락 관통한다. 가벼워진다는 것에 관한 시적 사유는 "겉이 멍할수록 / 속은 꽉꽉 차 들어간다"(「멍때리다」)라는 체관諦觀에까지 이른다. 품었던 생각을 비워내는 도정道程에 다음 시가 흥미롭다.

더러운 곳만 찾아다닙니다

구석진 먼지를 마시며

칼칼한 머리카락 삼키며

쉰내 나는 찌끼도 향기롭게 안아줍니다

꾀죄죄하여 땟국이 흐를라치면

물에 담겨 숨 쉴 틈 없이 짓눌리고

비눗물까지 먹게 됩니다

걸레는 빨아도 걸레라고 합니다

당신은 한 번이라도 깨끗하게 빨려보았는지

묻고 싶습니다

—「걸레」 부분

위 시에서 직접 경험하거나 지각할 수 있는 시적 주체는 '걸레'이다. 걸레에 처處한 경우와 형편을 낱낱이 토로하는 걸레의 시적 발화가 흥미롭다. "더러운 곳만 찾아다"니며, "구석진 먼지를 마시"는 걸레란 속진俗塵의 번잡한 일과 소외되어 매캐한 삶을 마시는 존재이다. "칼칼한 머리카락 삼키며 / 쉰내 나는 찌끼도 향기롭게 안아주"는 존재라니, 이미 뭇 사람들이 싫어하는 일을 도맡아 하는 덕인德人의 품격을 지녔다. 스스로 "꾀죄죄하여 땟국이 흐를라치면" 사정없이 "짓눌리고 비눗물까지 먹게 되"는 거품 고문도 흔쾌히 감내한다. 스스로에게도 가혹하리만치 때와 찌꺼기를 없애려는데, "걸레는 빨아도 걸레"라고 한다. 세상 사람들을 향한 시적 발화 "당신은 한 번이라도 깨끗하게 빨려보았는지 묻고 싶"다. 전도된 깨끗함과 위선적 더러움, 미덥지 못한 참과 깨끗한 거짓이 버젓하게 "걸레는 빨아도 걸레"라는 저열한 비하의 세계에 있음을 뚜렷이 적시하였다.

걸레가 바라보는 걸레 같은 사람과 걸레 같은 세상을 향한 감지의 세계에서 독자들이 공감할 수 있는 길은 무엇일까. 반어와 역설의 텍스트 너머 독자에게 자기만의 해석을 창조하도록 하는 '틈새(interpretive gaps)'에 엄존하고 있는 것은 무엇인가. 이제껏 안화수 시인은 주관적 관점에 치우친 자기만의 세계가 워낙 확고한 확정적 의미만을 내어놓았다. 그러던 그가 독자들이 텍스트 내 불확정적 의미를 두고 재해석하거나 열린 공감의 세계로 나아갈 수 있는 틈새를 주기 시작했다.

새벽 시장통 모닥불 옆에 두고
채소 한 단 팔려고 목청껏 외치는데
라면 먹는 사람 흰밥 먹는 사람
그래도 소고기에 밥 먹는 사람 있다

가느다란 철 구조물 까마득히 밟고 서서
뙤약볕에 땀방울 흘리는데
소주 마시는 사람 맥주 마시는 사람
그래도 양주 마시는 사람 있다

벼랑에 매달린 채 축 늘어져
구름 낀 하늘을 바라보는데
걸어가는 사람 뛰어가는 사람

그래도 날아가는 사람 있다

손바닥 발바닥 갈라 터진 골만큼
살아가는 모습 저마다 다르고
죽자고 몸부림쳐도 움푹 허방이지만
그래도 어둠 속에 보이는 사람 때문에 산다
—「그래도—뉴아이엠에프」전문

  위 시는 1997년에 닥친 외환위기 못지않게 극심한 코로나
19 이후의 장기적인 경기 침체를 제재로 삼았다. 삶의 현장
에서 저마다 벅찬 일을 힘써 헤쳐가는 모습을 바라보는 시
적 화자의 시점이 흥미롭다. "새벽 시장통 모닥불 옆에 두
고 / 채소 한 단 팔려고 목청껏 외치는데" 그중에 "라면 먹는
사람 흰밥 먹는 사람 / 그래도 소고기에 밥 먹는 사람 있다"
"가느다란 철 구조물 까마득히 밟고 서서 / 뙤약볕에 땀방울
흘리는데" 그중에 "소주 마시는 사람 맥주 마시는 사람 / 그
래도 양주 마시는 사람 있다"라고 하였다. 이를 두고 '라면,
흰밥, 소고기'라는 차등과 차별의 기호적 인식으로 받아들여
서는 안 된다.
  몹시 힘들고 고생스럽지만 먹고 싶은 것을 먹는, 너무도
당연한 것을 새삼스럽게 말하는 까닭은 무엇인가. 이는 '어
려운 처지에 놓임은 어쩔 수 없으나, 그것을 받아들이는 태
도나 마음가짐을 달리하면 어떨까'라는 겸손한 제안이다. 나
름의 세계관과 가치관을 새롭게 열어나가 총체적 난국을 스

스로 헤쳐나가기를 기대한다. 가난이란 본디 스스로 느낌으로부터 더욱 기를 펴지 못하고 쭈그러드는 것. 가난해서 업신여겨진다는 마음, 남들은 소고기와 양주를 마시는데, 나는 라면에 소주를 마신다는 것은 수치스러운 일이 아닐 뿐 아니라, 더 나아가 불편한 일도 아니다.

따라서 "손바닥 발바닥 갈라 터진 골만큼 / 살아가는 모습 저마다 다르고 / 죽자고 몸부림쳐도 움푹 허방이지만 / 그래도 어둠 속에 보이는 사람 때문에 산다"라는 마음가짐만 지니면, 장기적인 경기 침체의 난국도 헤쳐나가리라는 희망의 메시지를 보낸다. "어둠"이라는 절망적 표상에서 "보이는 사람"이 있어서 시련과 고난을 이겨내는 것. 인간의 위대함이란 실로 "보이는 사람"을, 그의 존재를 놓칠 수 없어 온갖 간난을 무릅쓰고 일어서는 인간 승리에 있다는 것을 암묵적으로 제시하였다.

시인으로서 사람 사는 세상을 향한 직서적·직정적 발화를 앞세우기보다, 독자들의 눈길과 귀를 열어준다. 스스로 생각할 수 있는 겸손한 제안으로서 안화수의 시가 비로소 '틈새'라는 공감의 세계에서 새로이 다가서고 있다.

5. 맺음말

연암 박지원이 설파하는바 "도는 어디에 있는가?···(중

략)… 正에 있다. 정은 어디에 있는가? 中에 있다."(『연암집』 권2,「答任亨五論原道書」)라고 하였다. 中은 양극단에 있어 서로 여의지도 않고 卽하지도 않아, 이른바 사이[間]를 헤아리는 정념正念에 있다. 정념이 밝은 이는 정명도 참된 까닭에 그야 말로 바르고 고른 정신을 지녀 나와 너, 그리고 우리 모두의 숨을 틔워 호방豪放한 기운을 떨친다.

　시의 기백을 으뜸으로 삼았던 주기적主氣的 문학론자인 최자崔滋는 "장년에 기백이 뛰어나야 늙어서도 기백이 호방해진다. 然後壯氣逸 壯氣逸然後氣豪(『補閑集』卷下5)라고 하였다. 편벽偏僻되지 않아, 중정中正의 성정으로 세상의 "참상을 줄이고 불공정을 줄이고 악을 제거하는 데에 앞장서는 것."(K. 포퍼,『추측과 논박』) 깜냥껏 스스로 최선을 다해 인간과 세상을 헤아려 시를 쓰는 것. 종지 그릇에 담길 정도의 생각과 작은 목소리이지만, 그 기운은 진정성에 있으므로 시의 위의를 온전하게 지켜나갈 시인이기를 바란다.

안화수

1959년 경남 함안 출생. 경남대학교 사범대학 국어교육과, 국민대학교 교육대학원 졸업.
1998년 월간 『文學世界』로 등단.
시집 『까치밥』, 『명품 악보』, 『늙은 나무에 묻다』 등.
창원시문화상(문학 부문), 조연현문학상, 경남 올해의 젊은 작가상, 경남문협 우수작품집상, 마산예총 공로상 등 수상. 녹조근정훈장 수훈.
마산예술문화단체총연합회 수석부회장, 경남문인협회 이사, (사)시사랑문화인협의회 영남지회 상임이사, 종합문예지 『시애』 편집장.
E-mail: anhwasu@hanmail.net

서정시학 시인선 222
동백아, 눈 열어라

2024년 10월 21일 초판 1쇄 발행

지 은 이 · 안화수
펴 낸 이 · 최단아
편집교정 · 정우진
펴 낸 곳 · 도서출판 서정시학
인 쇄 소 · ㈜ 상지사
주 소 · 서울시 서초구 서초중앙로 18, 504호 (서초쌍용플래티넘)
전 화 · 02-928-7016
팩 스 · 02-922-7017
이 메 일 · lyricpoetics@gmail.com
출판등록 · 209-91-66271

ISBN 979-11-92580-44-9 03810

계좌번호: 국민 070101-04-072847 최단아(서정시학)
값 13,000원

  * 이 책은 경남문화예술진흥원의 문화예술 지원금 지원을 받아 발간되었습니다.
  * 잘못된 책은 바꾸어 드립니다.

서정시학 시인선